LE PORTE-FEUILLE GALANT,

Ouvrage mêlé de Prose & de Vers.

Avec plusieurs Questions serieuses & Galantes.

15. Juin 1700.

On donnera la suite le 15. de chaque mois.

Le prix est de 6 sols.

A PARIS,

De l'Imprimerie de JEAN MOREAU,
ruë Galande, prés la Fontaine S. Severin,
à l'Image saint Jean l'Evangeliste.

M. DCC.

AVEC PERMISSION.

LES CAFFEZ.

PREMIER ENTRETIEN.

LEs Caffez font des lieux frequentez par les honneftes gens de l'un & de l'autre fexe. On y voit toute forte de caracteres. Des hommes galans, des femmes coquettes, des Abbez polis, d'autres qui ne le font pas, des Guerriers, des Nouvelliftes, des Officiers, des Provinciaux, des Etrangers, des Plaideurs, des Beuveurs & des Joüeurs de profeffion, des Parafites, des Aventuriers, des Chevaliers de l'induftrie, des Jeunes gens à bonne fortune, des Vieilles Amoureufes, des Gafcons, & des Faux-braves, des demi-beaux Efprits, & des Auteurs ; & plufieurs autres perfonnes dont les portraits differens pouroient fe multiplier à l'infini.

On fe rend en ces lieux de rafraîchiffement au retour de differens endroits. L'Auteur Philinte & l'Abbé Damon fe trouverent une des dernieres Feftes aux Peres de l'Oratoire. Ils y entendirent le Sermon d'un habile homme de cette celebre Congregation. Philinte en fit l'éloge, & ne put s'empêcher d'admirer comment il étoit poffible de donner un tour nouveau à des penfées & à des fujets mille fois rebatus.

Defcription des Caffez.

Eloge d'un Pere de l'Oratoire.

A

Il remarqua que les expressions de ce Pere dans la bouche d'un autre paroîtroient recherchées & outrées; que dans la sienne tout y étoit placé naturellement, & l'art parfaitement bien caché; que même les mots les plus simples avoient la grace de la nouveauté. Damon ajoûta que ce n'étoit pas sans raison que cet ordre étoit rival & concurrent * d'un autre fameux & plus ancien que luy.

Au sortir delà il fut question de prendre l'air, & de faire un tour de promenade; mais la plüye qui survint fit remettre cette partie à un autre jour. Que devenir cependant, ces deux amis n'étant point amoureux ny joüeurs ? Il fallut aller au Caffé. C'est la chûte & l'assemblée aussi où l'on s'engage à moins de dépense.

Ils entrerent donc chez les Armeniens, où ils demanderent des liqueurs & des biscuits : car peu de gens se bornent à une prise de Caffé, qui n'est souvent que le pretexte d'un plus grand excez. Il y avoit déja beaucoup de monde. A peine eurent-ils vuidé une caraffe, qu'un homme arriva tout échauffé, il étoit fort connu dans cette salle, & tous les beuveurs luy tendoient la main en luy presentant des gobelets pleins de Caffé, & des verres remplis de liqueurs, crians d'une voix haute : Vivat Monsieur Nouveaudin, à la santé.

Sçavez-vous bien, dit Damon à Philinte, pourquoy l'on fait tant d'amitiez à cet homme-là? Non, répondit Philinte, vous me ferez plaisir de me le dire. Vous étes dans vôtre quartier, vous sçavez mieux que moy la carte de ce Caffé. C'est, repartit Damon, un Nouvelliste de profession; il se trouve souvent aux bonnes tables, y fait le bel esprit, & n'est pas à la verité tout à fait dépourvû de bon sens, il fait quelquefois des recits d'affez bonne grace; cette facilité luy vient d'un grand commerce du monde, & de l'habitude continuelle de parler ; mais il a un défaut ordinaire à tous les conteurs, qui eſt de vouloir eſtre écouté ſans interruption. Si vous voulez vous arreſter icy quelque temps, vous en aurez le plaiſir.

Des cauſes de la facilité d'un recit.

Défaut des conteurs.

Là-deſſus un des plus curieux & des plus empreſſez pria Monſieur Nouveaudin de vouloir bien regaler la compagnie de quelque nouvelle aventure comique. Non pas, s'il vous plaît, interrompit Monſieur Nouveaudin, pour aujourd'huy, Meſſieurs, ſi vous voulez m'entendre , je ne vous conteray qu'une hiſtoire ſerieuſe.

Il en fallut paſſer par-là , à la charge que le lendemain il choiſiroit une matiere plus divertiſſante. Chacun preſta l'oreille , & aprés avoir bû raſade , Monſieur Nouveaudin commença ainſi.

J'étois ces jours paſſez aux Tuilleries placé dans un endroit aſſez proche pour entendre la converſation de quelques perſonnes , que je ne feray connoître icy que ſous des noms figurez. A vous permis, Meſſieurs , de les déchiffrer ſi vous pouvez , & de faire telles applications qu'il vous plaira, (perſonne ne peut empêcher les jugemens interieurs ny les penſées ſecrettes ; cette liberté eſt hors de toute domination & dépendance.)

Timante & Cleante ſont anciens amis ; ils ont fait leurs études enſemble , & demeurent preſentement dans le meſme quartier ; Liſandre eſt auſſi de leur confidence. Ce Triumvirat d'amitié a les inclinations partagées.

Portrait en petit de differentes inclinations de trois amis.

Timante s'abandonne tout entier aux plaiſirs de l'amour.

Cleante cultive les muses & le bel esprit.

Lisandre sacrifie tous ses soins à la fortune.

Ces vûës differentes les ont separez pendant quelques années. Un jour ils se retrouverent par hazard aux Tuilleries. Timante & Lisandre s'y rencontrerent les premiers. Aprés les complimens ordinaires ils se firent mille amitiez, autant de questions, & se demanderent des nouvelles de Cleante. Timante asseura Lisandre que leur ami étoit à Paris, qu'il l'avoit veu depuis peu de jours, qu'il venoit souvent dans le Labyrinthe pour y entretenir ses rêveries agreables, & qu'il fuïoit toûjours le grand monde.

Il ne faut point disputer des goûts, ny des inclinations, repartit Lisandre. Nos manieres luy paroissent peut-être aussi singulieres que les siennes nous semblent ridicules & extravagantes : car enfin, à parler naturellement, ne sçait-on pas que tout le bonheur de la vie consiste dans l'opinion, & à se contenter en suivant son penchant?

Cela vous est bien-aisé à dire, interrompit Timante, vous qui avez trouvé tous les avantages imaginables en suivant la fortune. Il n'en est pas ainsi de Cleante & de moy : car nous l'avons perduë cette fortune cruelle par la fatalité de l'amour & des muses.

Contez-moy, je vous prie, poursuivit Lisandre, les particularitez de vôtre histoire amoureuse qui a tant fait de bruit dans le monde ; & puisque le hazard a pris le soin de nous rejoindre, profitons de cette heureuse occasion de nous faire part reciproquement de nos aventures.

Il y a dans les Tuilleries un lieu disposé en forme de Theatre ; ils se placerent sur un des bancs tapissé de verdure. L'heure de la promenade des Dames n'étoit pas encore venuë ; ils eurent le plaisir de s'entretenir quelque temps sans autre interruption que le chant des Rossignols qui faisoient un concert agreable en cet endroit.

Timante entreprit d'y satisfaire la curiosité de son ami, en luy parlant ainsi.

Placidie est d'une des plus illustres familles de Languedoc ; étant demeurée jeune heritiere d'un bien tres-considerable, elle fit un voyage à Paris, pour se conserver la joüissance d'une terre qu'on luy disputoit ; elle étoit accompagnée d'une vieille tante (que nous nommerons Arsinoé,) qui luy servoit de mere, & qui même en usurpoit les droits avec une severité tyrannique & insuportable. *Prelude recitatif.*

Placidie étoit belle & ne l'ignoroit pas, elle sentoit la force de ses charmes, & consultoit souvent son miroir pour les mettre dans leur jour avec tous les agrémens qui peuvent la rendre plus brillante, plus desirée, & plus digne d'estre aimée. *Portrait d'une jeune personne.*

Ce n'étoit pas l'intention de la tante, qui ne souhaitoit autre chose que de parer sa niece pour plaire aux Juges seulement en sa presence, & se les rendre favorables. *Portrait d'une vieille tante.*

Et lors que cette belle promenoit ses regards dans les endroits où elle pouvoit être vûë avec plaisir, la tante avoit soin de les détourner, en luy faisant des remontrances accompagnées d'une morale tres-austere.

Malgré des airs si surveillans, un jeune Cavalier propre à donner de l'amour aussi-bien qu'à en recevoir, fit tous ses efforts pour traverser les desseins de la tante, & ne les fit pas sans effet. *Plus sa beauté est contrainte, plus elle est amoureuse.*

Un jour ..... un jour & une nuit ne suffiront pas, dit un jeune étourdi, si nous voulons entendre *Portrait d'un fâcheux & d'un étourdi.*

A iiij

voſtre hiſtoire ſerieuſe. Quand vous devriez vous
fâcher, Monſieur Nouveaudin, Alte là, je vous in-
terromps au milieu de voſtre Periode. Ne parlons
point de beauté, je n'en reconnois point d'autre
que celle de Vienne. Quelle taille! quel air, grands
Dieux! ſes yeux, quels yeux; morbleu, quels yeux!
Je poſe en fait & parie toutes les curieuſes baga-
telles & bijoux que je porte ſur moy, qu'il n'y a
perſonne au monde qui ne ſoit enchanté de cette
beauté, fuſſe un Prince.

Vous ne deviez pas, dit un ancien de la compagnie, interrompre Monſieur Nouveaudin, vous ſe-
rez cauſe qu'il ne nous dira plus rien. S'il ne veut
plus rien dire, reprit le jeune fâcheux, d'autres par-
leront, & nous nous conſolerons de ſon ſilence en
beuvant; & là-deſſus à vôtre ſanté, Monſieur Nouveaudin, faiſons la paix.

Il ne faut pas s'attendre, dit un bel eſprit de la
compagnie, d'écouter icy des converſations metho-
diques & regulieres. Le champ eſt libre pour toute
ſorte d'entretiens & de perſonnes; & ſi un ſeul par-
loit toûjours, il faudroit neceſſairement bâiller &
dormir; j'aimerois autant eſtre au Sermon. Au lieu
que diſant chacun ſon ſentiment, c'eſt une eſpece de
comedie que l'on ſe donne reciproquement les uns
aux autres.

A propos de Comedie, dit un amateur des ſpecta-
cles, & qui croyoit s'y connoître aſſez pour en bien
juger.

Le Public demande les cauſes de la decadence
du Theatre. On ſe plaint que depuis pluſieurs années la plûpart des pieces nouvelles tombent, & ne
ſe ſoûtiennent au plus que pendant deux ou trois
repreſentations. Cependant il eſt conſtant que ce n'eſt

point la faute des Acteurs, ils font tous dans leurs
caracteres, & n'épargnent point la dépenfe pour
paroître fur la Scene avec éclat. Cela fuppofé, c'eft
donc la faute des Auteurs, qui n'intereffent pas
affez les Spectateurs, & ne traitent que des fenti-
mens rebatus mille fois. Pour le tragique ou pour
le comique, ils font éternellement copie fur copie,
& manquent mefme d'artifice & d'invention pour
cacher au peuple un larcin & un plagianifme fi grof-
fier & fi vifible, puifque tous les Orateurs con-
viennent qu'il y a mefme de l'art à déguifer un fujet
& un difcours, comme il y en a à fe faire venir de
l'efprit, & des penfées fur les matieres les plus fteriles.

On demanda encore fi une piece qu'un Auteur n'a   Le Partifan
point faite dans le deffein d'eftre reprefentée, mais   des Auteurs.
feulement d'eftre lûë par le public, peut plaire.

On répondit qu'un ouvrage qui plaît par la feule
lecture, a beaucoup plus de gloire, & même d'avantage fur celuy qui eft reprefenté avec tous les agréé-
mens, toute la pompe & la magnificence du Theatre; puifqu'on ne peut difconvenir alors qu'il fe
foûtient par fes propres beautez, fans emprunter au-
cun fecours étranger. Et cela eft fi vray, que la plû-   Le Cenfeur
part des pieces qui ont plû fur le Theatre, font or-   des Auteurs.
dinairement froides dans la lecture, où elles ne font
point animées par les graces de l'action.

D'ailleurs on y remarque de certaines negligen-
ces dans l'expreffion, qui ne peuvent plaire aux efprits délicats. Les yeux font donc les meilleurs Juges, & l'on demeurera d'accord que le jugement eft
fouvent la dupe de l'oreille.

Un jeune Auteur demanda enfuite fi dans une pie-   Regles de la
ce comique il eft abfolument neceffaire d'eftre exci-   Comedie.
té à rire à gorge déployée pour eftre dans les regles,

Regles de la Tragedie.

On répondit que souvent un certain sens froid plein de sel & piquant suffisoit. De même qu'il n'est pas necessaire qu'il y ait du sang répandu dans un sujet tragique pour estre appellé tragedie ; mais seulement une tristesse majestueuse qui cause également la pitié, la tendresse & l'amour.

Raisons pourquoy une piece trouvée parfaitement bonne n'est point representée.

Puisque nous sommes sur la Comedie, interrompit un Abbé, vous voulez bien, Messieurs, que je vous dise qu'un de mes amis a fait une Tragedie parfaitement belle, pleine de caracteres nouveaux & de portraits qui n'ont point encore paru. Premierement les Acteurs fuïent les études nouvelles. Autre raison. Les Comediens ne peuvent la joüer, parce qu'ils n'ont point d'Actrice qui veüille s'hazarder à joüer

Rôle de femme en homme difficile.

en habit d'homme, le Rôle d'une Princesse travestie, qui fait un des plus beaux ornemens de la piece. Il y a peu de femmes qui ayent la taille & la jambe assez bien-faite pour risquer de joüer à la Romaine. A la Françoise passe. Encore l'a-t-on vû rarement, si ce n'est dans la fille Capitaine, qui est un Rôle comique & badin, où l'on n'est moins contraint que dans le serieux.

Les mysteres du Theatre découverts.

Tout beau, Monsieur l'Abbé, dit un autre bel esprit de la compagnie, on voit bien que vous ne sçavez pas encore tout-à-fait la carte du Theatre. Vous ignorez que de trente pieces que l'on presente aux Comediens, ils en refusent vingt-neuf. Tout s'y fait par brigue & par cabale ; chacun a ses amis qu'il veut préferer ; & à vous parler naturellement, la plûpart des pieces que l'on represente, ne sont pas les meilleures. Delà il arrive, que souvent il leur vient un

Ordre de la Cour.

ordre de la Cour, ou de la part d'une Princesse de joüer les pieces qu'ils ont refusées. Alors le plaisir se redouble pour les Spectateurs, & l'on remarque dans leur jeu une espece de dépit & de negligence, dans le dessein de faire tomber la piece ; mais malgré cette negligence affectée, quand une piece est bonne, & bien écrite, elle se soûtient par ses propres beautez, comme vous disiez fort bien tout à l'heure.

S'il y avoit deux Troupes comme autrefois, reprit l'Abbé, les Comediens ne seroient pas si difficiles ; leur fierté s'adouciroit. Alors les Auteurs étoient les maîtres du Theatre, & chaque Troupe briguoit leurs ouvrages, &, comme dit la Bruyere dans ses Caracteres, ils ne jettoient pas étant dans leur carosse, de la boüe à Corneille qui se promenoit à pied. Au lieu qu'à present les Auteurs sont à la discretion des Acteurs, & contraints indispensablement d'essüïer leur caprice.

Quand il y avoit deux Troupes à Paris, le public étoit mieux diverti ; cette concurrence donnoit de l'émulation, elle animoit les Acteurs aux nouveautez, & à les bien representer. Cela pourra bien encore revenir : le Faubourg saint Germain étant trop éloigné l'hyver pour les personnes de la Ville. Pour moy qui loge au Marais, je fais serment de ne point aller à la Comedie pendant l'hyver.

Je voy bien, continua celuy qui avoit entrepris cette matiere, que vous avez un petit chagrin contre les Comediens, à cause que leur Hôtel n'est pas dans vôtre voisinage. Je n'ay point de chagrin contre eux, repartit l'Abbé. Je dis seulement mon avis sans passion, comme vous avez dit le vôtre. D'ailleurs ces Messieurs ne sont pas d'un caractere à n'oser les toucher. Le *noli me tangere* n'est pas fait pour eux. Mais puisqu'ils n'épargnent personne sur leur Theatre, ils nous permettront bien de nous divertir un peu à leurs dépens, ils le font assez souvent aux nôtres.

Il y a parmy eux de fort honneftes gens, & même qui ont du merite feparé de leur profeffion.

Cependant pour vous faire voir que j'eftime tous les bons Comediens en general & en particulier, j'ay fur moy une piece en vers, qui ne fera pas hors de propos ; elle n'eft point encore imprimée ; un de mes amis en eft l'Auteur : vous y verrez l'idée & le portrait d'un Acteur parfait.

Portrait d'un Acteur parfait.

A MONSIEUR BARON.

PErmets, Fameux Baron, que ma Mufe propice
T'offre icy les eſſais qu'a formez fon caprice.
Dans les nouveaux Acteurs, les talens partagez
Dans un Acteur parfait ne font point ménagez ;
Il fçait les paffions, & tous les caracteres
Qui rendent au public fes plaifirs neceffaires.
S'il reprefente Achille, il fe voit applaudi ;
S'il reprefente Arnolphe, on n'eft point refroidi.
Quand un Acteur nous plaît, l'univerfel éloge
Paffe agreablement du Theatre à fa loge ;
Il fçait qu'on l'applaudit, & que les Brouháhas
Retentiffent pour luy de favorables has.
Mais un Acteur Auteur n'a pas peu d'avantage,
Lorfqu'il peut en public expofer fon ouvrage.
Il fe fait eftimer par differens endroits,
Subiffant des cenfeurs les rigoureufes loix.
Pourrai-je bien tracer les qualitez charmantes,
qui font pour un Acteur tant d'illuftres amantes ?
Il faut qu'il ait bon air, un fon harmonieux,
Et qu'il prévienne en tout & l'oreille & les yeux,
Par ces je ne fçay quoy qu'on ne fçauroit décrire,
Qui raviffent les cœurs, qu'on peut mieux voir que lire.

Cette lecture fut applaudie, & donna lieu à l'Abbé de faire encore part d'une autre nouveauté à ce fujet.

Les Acteurs de la Vieille-Roche
Ont toûjours esté vûs fort agreablement.
Floridor & Baron, Poisson & d'Haute-Roche
   Sçavoient joüer tres-finement.
L'habile Mont-Fleury, le sçavant Torillere
   Avoient tout ce qu'il faut pour plaire ;
   Ils ont laissé quelques enfans
Qui ne sont de leur pere indignes descendans.

C'est assez lire & parler, dit l'amateur de la Comedie, & le partisan des Auteurs. M'en croirez-
vous, Messieurs, allons à la Comedie ; un Acteur
nouveau paroîtra aujourd'huy, & même Madame
la Duchesse du Maine l'honorera de sa presence.
Je le veux bien, dit un de la compagnie, qui n'a-
voit pas encore parlé, nous ne sçaurions mieux faire
à present, nous avons assez bû, je suis des vôtres,
Je vous accompagne seulement pour voir la Cour.
Les Comediens font bien d'annoncer les grands Sei- ^{Bonne politi-}
gneurs qui les honorent de leur presence. Cela leur ^{que aux Co-}
vaut de l'argent. On va plûtôt pour les y voir que ^{mediens d'an-}
pour entendre la piece. Allons, Messieurs, partons ^{grands Sei-}
sans ceremonie, & à la premiere entrevûë nous di-
tons nostre sentiment sur le nouvel Acteur, aprés
avoir remarqué s'il a les qualitez que vous avez peint
dans le portrait d'un Acteur parfait. Ce sujet fut la fin
de cette séance, & celle de cet Entretien.

Fin du premier Entretien.

RONDEAU.

LE bel esprit au siecle de Marot
Des dons du Ciel passoit pour le gros lot;
Des grands Seigneurs il donnoit accointance,
Menoit par fois à noble joüissance,
Et qui plus est, faisoit boüillir le pot.

Or est passé ce temps où d'un bon mot
Stance ou dixain on païoit son escot.
Plus n'en voïons qui prennent pour finance
Le bel esprit.

A prix d'argent l'Auteur, comme le sot,
Boit sa chopine & mange son gigot.
Heureux encore d'en avoir suffisance.
Maints ont le chef plus rempli que la pance,
Dame ignorance a fait enfin capot.
Le bel esprit.

OPUSCULES POETIQUES.

A MONSEIGNEUR LE DU de Vendôme, General des Armées du Roy Catalogne.

HEROS si renommé dans ce vaste univers,
Honneur & gloire des Vendômes,
En qui l'on voit de si grands hommes,
Reçoy ce tribut de mes Vers,

Grand Duc, que la Victoire en tous lieux environne,
Il manquoit à tant de hauts faits,
De prodiges fameux qu'on n'oubliera jamais,
La Conqueſte de Barcelonne.

Au moment que tu lis ces Vers,
Louis en apprend la nouvelle,
Et la Paix revenant plus charmante & plus belle,
On verra pour jamais la diſcorde aux Enfers.

R E Q U E S T E

A NOSSEIGNEVRS DE PARLEMENT.

ARbitres Souverains du deſtin des mortels,
Eſpoir des affligez, effroy des criminels,
Vous qui nous faites voir dans vos divins Oracles
En faveur des humains tous les jours des miracles,
Et qui ſous le plus juſte & le plus grand des Rois
Faites Regner la France, & ſoûtenez ſes Loix.
Dieux vengeurs, qui toûjours vous montrez favorables
A ceux que comme moy, le ſort rend miſerables;
Du Trône où je vous voy ſuperbement aſſis,
Tout brillans de l'éclat des ſaintes fleurs de lys,
Laiſſez quelques regards tomber devers la terre,
Et voyez à vos pieds un objet de miſere,
Qu'un beau-pere inhumain ſous de fauſſes couleurs
Eſt tout preſt d'immoler à ſes lâches fureurs,
Aprés qu'à ſes plaiſirs, d'un eſprit plus tranquile
Il a ſacrifié le bien de ſa famille,
Et par ce coup funeſte a ſçû cauſer la mort
D'une femme qui fit les douceurs de ſon ſort,
Du Suppliant, helas ! c'étoit l'illuſtre mere

Qui tira du neant cet orgueilleux beau-pere,
Dont l'ame accoûtumée aux ingrates froideurs,
Loin de se souvenir de ses chastes ardeurs,
Et d'étendre ses biens d'une main paternelle
Sur les restes si chers d'une ombre si fidelle,
La persecute encore jusques dans le tombeau,
Et de son sang, l'ingrat veut estre le bourreau.
Seigneurs, qui connoîtrez par tant de procedures
Sa haine, ses fureurs, ses hautes impostures,
Les crimes dont il veut me noircir devant vous,
Sans craindre ce que peut vôtre juste couroux,
Verrez-vous sans horreur que tant d'hypocrisie
Trouble cruellement le repos de ma vie,
Et qu'un homme qui court à ses derniers momens,
Tout fier de voir sur soy soixante & quatorze ans,
Pretende par un droit si foible & si peu juste,
Surprendre insolemment une Cour toute auguste,
Et faire, s'il pouvoit, périr même à vos yeux
Un beau-fils dont le crime est d'être malheureux.

D. S.

EPITRE MORALE

A MONSIEUR L'ABBE' * . . . .

ABBE', qui sans travail au milieu des plaisirs
Vois que tout réüssit au gré de tes desirs,
Toy que tout favorise, & que rien n'importune,
Heureux par excellence ami de la fortune,
Et qui sur le projet de tes intentions
Vois voler à l'instant presens & pensions,
De ma muse sincere évite les approches,
Epargne à ton oreille & sermons & reproches;

Elle

Elle n'ofe tenter de te faire la Loy.
Croy que ce que tu lis, n'eft point écrit pour toy.
Le Ciel fait payer tout, au prix de nôtre peine.
A qui veut du repos, la tempête eft certaine.
Pour avoir de la joye, il faut verfer des pleurs,
Et que nôtre travail previenne fes faveurs.
Toy qui veux au plaifir fixer ta deftinée,
Sçache qu'à cette erreur, ton ame abandonnée
Ne verra que du trouble, & par mille chagrins
Te livrera fans ceffe au malheur que tu crains.
Ces maux que ton efprit fauffement fe figure,
Ce défaut, cette perte, & cette vaine injure
Sont des biens que tu fuïs; & par un traître effort,
Tu cherches d'augmenter les rigueurs de ton fort.
Cet aveugle defir qui te porte à la gloire,
Ces faux contentemens qui flatent ta memoire,
Tous ces objets trompeurs qui furprennent tes fens,
Et femblent te caufer des plaifirs innocens,
Te raviffent ton calme, & formant tes traverfes,
Sont les auteurs fecrets de tes peines diverfes.
Ainfi la volupté confondant ta raifon,
Dans une coupe d'or te donne du poifon.
Pourquoi te réjoüir d'un coup qui t'affaffine?
Tu deviens l'artifan de ta propre ruine,
Et ce fantôme vain, qui te tient enchanté,
Eft un funefte obftacle à ta felicité.
Conduit par cette erreur, & trompé par ces charmes,
Ne penfe pas te mettre à l'abry des allarmes,
Examine tes foins, conçois ce que tu peux.
Et prevoyant ainfi le fuccez de tes vœux
Satisfais, s'il fe peut, ton cœur infatiable,
Qu'il obtienne aujourd'hui tout ce qu'il croit aimable.
Que toûjours enrichi par de nouveaux bonheurs,
La fortune t'éleve au comble des honneurs.

B

Que de tout l'Univers on t'accorde l'Empire,
Et que ce faux brillant t'ébloüisse & t'attire.
Qu'un Peuple ingenieux à former des plaisirs,
S'emploïe uniquement à servir tes desirs.
Que parmy ses grandeurs où ton espoir se fonde,
Les humains & le Ciel, & la terre & le monde,
S'éforcent d'affermir tous tes contentemens,
Et donnent à ton choix de nouveaux Elemens.
Malgré tant de faux biens dont le dehors éclate,
Ce faste est une erreur qui t'aveugle & te flate.
Tu ne peux resister avec impunité
A ce decret fatal de la necessité.
Tout se change, tout fuït, & perdant sa nature,
Vient renaître à nos yeux sous une autre figure,
Et la vie & la mort, la joye & la douleur,
La memoire & l'oubly, la crainte & la valeur
Se succedant ainsi par leur vissicitude,
Fournissent des sujets à nos inquietudes ;
Et de ce qui nous manque animant nos desirs
A nos travaux passez mesurent nos plaisirs.
Donc si dans cette erreur, dont ton ame est blessée,
Des faveurs du dehors tu remplis ta pensée,
Esclave infortuné des objets étrangers,
Mille & mille accidens t'exposent aux dangers.
Loin de tous ces écüeils sans craindre le naufrage,
Plein de ton propre bien, content de ton partage,
Voyant en ton pouvoir le repos que tu veux,
Ne cherche qu'en toy seul, de quoy te rendre heureux.
Penetre ta nature, & trouve dans ton estre,
Et de quoy te suffire, & de quoy te connoître.
Soûtiens sans t'ébranler les plus puissans revers,
Que tant de changemens étonnent l'Univers.
Le sage ne craint rien, son esprit intrepide,
Prenant le Ciel pour Juge, & la raison pour guide.

Redouble fa conftance au milieu des dangers,
Et fans avoir befoin de fecours étrangers,
Méprifant les hazards qui regnent fur la terre,
Laiffe approcher la mort, & gronder le tonnerre,
Toy qui devrois atteindre à cette fermeté,
Mortel, il faut fur tout vaincre la volupté.
Conjoint aux Elemens, & meflé dans leurs maffes,
Et la chair & le fang, te font fuivre leurs traces,
Et te rendent fujets à leurs emportemens ;
Mais lorfque délivré de tous leurs mouvemens,
Et de ce joug fâcheux que conduit leur caprice,
De tes fens impofteurs, tu vaincras l'artifice,
Que toy feul dans toy-même, & fans aide au dehors
Degagé du commerce, & du poids de ton corps,
Libre de la matiere, & de tous ces organes,
Que les Cieux irritez accordent aux profanes ;
Tu fçauras retrouver dans la Divinité,
La fource de ta vie, & de ta liberté,
Souviens-toy que le Ciel formant ton origine
Fit entrer dans ton ame une portion divine,
Et dans ta propre effence ayant caché ton bien,
Du fort des immortels avantagea le tien.
Si tu fçais difcerner cette célefte marque,
Tu peux regner comme eux, & fans craindre la Parque
Contempler des humains les divers changemens,
Voir commencer leur eftre, & finir leurs momens.
Alors te conduifant par ces loix fouveraines,
Dans un calme éternel, fans te forger des chaînes,
Tu pourras recevoir des plaifirs plus conftans ;
Mais pendant cet exil, & pour vaincre ce temps,
Apprends, Mortel, apprends dans le cours de ta vie
A regler tes deffeins, & borner ton envie,
Et te redis fans ceffe en reformant tes vœux ;
Plus un efprit defire, & moins il eft heureux.

B ij

Mais à tous ces projets en vain l'on se prepare,
La moderation est une vertu rare,

Fœlix qui potuit rerum cognoscere causas.

PORTRAIT DE MADAME LA MARQUISE D. S.

SA taille est riche, noble & belle,
  Son port est plein de majesté,
  Elle brille d'une beauté,
  Qui n'a jamais paru qu'en elle ;
  Son esprit est doux & charmant,
  Le Ciel voulut en la formant
Assembler les beautez de toute la nature ;
  Et quand on voudroit la flater,
  Et l'Eloquence & la Peinture,
N'ont que de foibles traits pour la representer.

DECLARATION D'AMOUR.

SI quelqu'un vous disoit, Iris, que je vous aime,
  Il offenseroit vos appas.
  Helas ! que ne feriez-vous pas,
  Si je vous le disois moy-même.
  Non, non, je m'en garderay bien
  De vous en dire jamais rien,
Ny de parler d'amour dont le nom vous offense.
  Mais pourriez-vous me pardonner,
  Belle Iris, si par mon silence
  Je vous le faisois diviner.

AUTRE.

Je n'ay jamais parlé de mon amour extrême
Et jufqu'icy mon cœur a paru fort difcret,
Lizette, cependant, on dit que je vous aime ;
Je ne fçay pas qui peut avoir dit mon fecret.

Vous m'accufez à tort de vous eftre infidele,
Vous ne fçavez que trop que je n'aime que vous.
Le moyen de changer, quand on vous voit fi belle !
Vos yeux font trop feurs de leurs coups.

BOUQUET

Nos Parterres n'ont rien qui foit digne de vous.
En vain, Aimable Iris, je les ay couru tous.
        Helas ! on n'y voit plus paroître
        Flore ny fes vives couleurs,
        Son abfcence me defefpere,
Recevez cependant le plus conftant des cœurs,
        Un amour fort tendre & fincere,
        Eft bien plus rare que des fleurs.

CHANSON.

        Ah ! Vous ne voulez pas entendre
        Le langage de mes foûpirs ;
        L'amour n'en a point de plus tendre,
        Pour vous exprimer mes defirs.

Ceffez, vaines frayeurs, ceffez vaines tendreffes,
De jetter dans mon cœur vos indignes foibleffes ;
Et toy qui les produis par tes foins fuperflus,
Amour, fers mon devoir, & ne le combats plus.

SONNET.

Beaux & grands Bâtimens d'éternelle structure,
Superbes de matiere & d'ouvrages divers,
Où le plus digne Roy qui soit dans l'Univers,
Aux miracles de l'Art fait ceder la Nature.

Beau Parc & beaux jardins, qui dans vostre clôture,
Avez toûjours des fleurs, & des ombrages verds,
Non sans quelque Demon qui défend aux Hyvers,
D'en troubler à jamais l'agreable verdure.

Bois, Fontaines, Canaux, si parmi vos plaisirs,
Qui peuvent contenter les plus vastes desirs,
Mon humeur est chagrine, & je vous parois triste.

Ce n'est point qu'en effet vous n'ayez des appas;
Mais quoyque vous ayez, vous n'avez point Caliste,
Et moy je ne voy rien, quand je ne la voy pas.

SONNET ENIGMATIQVE.

Comme un second Atlas sur mon dos épineux,
Je porte des flambeaux engendrez des tenebres,
Et couronnant mon chef de cent astres funebres,
Je pleure le trepas d'un fidele amoureux.

Mais, helas! bien souvent, je voy mourir mes feux;
Quoyque mes destructeurs n'usent que de prieres,
Je ne puis resister s'ils m'ôtent mes lumieres;
Et mes brillans soleils deviennent tenebreux.

Tous souhaitent ma mort, & tous y contribüent,
Et les plus innocens ce sont ceux qui me tüent;
Mais je renais trois fois pour vivre de nouveau.

Trois jours voyent ma mort, & voyent ma naissance,
Au quatriéme enfin j'entre dans le tombeau,
Et n'en renais qu'aprés un an de patience.

ANAGRAMME HEROIQUE.

Louis quatorziéme Roy de France
& de Navarre.

Va, Dieu confondra l'armée qui osera te resister.

___

SONNET.

N'Esperez point, Philis, avoir de moy d'étrenne,
J'ay perdu le present que j'avois à donner.
A le chercher long-temps, j'ay voulu m'obstiner,
Mais on me l'avois pris, ma recherche étoit vaine.

Cependant le voleur ne m'a point fait de peine,
Sans y rêver beaucoup, j'ay sçû le deviner,
Et dés que de ce vol j'ay pû le soupçonner,
J'ay dit en soûpirant! Eh bien, qu'il le retienne.

Je voudrois bien icy pouvoir m'expliquer mieux,
Et qu'il me fût permis de les nommer tous deux;
Mais mon profond respect m'ordonne de me taire.

Je vous diray pourtant que ce vol, c'est mon cœur,
Aprés cela, je croy qu'il n'est pas necessaire
De vous dire, Philis, quel en est le voleur.

PENSE'E DE VIRGILE.

Degeneres animos timor arguit.

L'obscurité du sang veut en vain se flater,
Quelque fausse couleur qu'elle puisse emprunter.
Toûjours on entrevoit une indigne foiblesse,
Qui dement son orgüeil, & trahit sa bassesse.

SUR LA FAMILLE ROYALE.

Hic agnosce tuos ventura in sæcula Reges,
Gallia, quondam orbis senties esse suos.

TRADVCTION.

Dans ces jeunes Heros, dont l'auguste naissance
    promet cent miracles divers,
      Tu vois tes Rois, heureuse France ;
Et peut-être y vois-tu ceux de tout l'Univers.

RONDEAV.

Contre l'Amour voulez-vous vous défendre ?
Empêchez-vous & de voir & d'entendre
Gens dont le cœur s'explique avec esprit.
Il en est peu de ce genre maudit ;
Mais trop encore pour mettre un cœur en cendre.

Quand une fois il leur plaît de nous rendre
D'amoureux soins , qu'ils prennent un air tendre ;
On lit en vain tout ce qu'Ovide écrit
      Contre l'Amour.

De la raison il ne faut rien attendre ,
Trop de malheurs n'ont sçû que trop apprendre
Qu'elle n'est rien dés que le cœur agit ,
La seule fuite Iris , nous garentit.
C'est le parti le plus utile à prendre
      Contre l'Amour.

BOUTS RIMEZ A REMPLIR
sur tel sujet que l'on voudra.

POUR EXERCER LES MUSES NAISSANTES.

SONNET.

> *Mercure*
> *Vers*
> *Nature*
> *Univers*
>
> *Avanture*
> *Concerts*
> *Murmure*
> *Fers.*
>
> *Nouveautez*
> *Enchantez*
> *Envie*
>
> *Element*
> *Ravie*
> *Monument.*

QUESTIONS GALANTES.

I.

Lequel aime le mieux, de l'Amant qui dit adieu, ou de celuy qui part sans le dire.

I I.

S'Il est aisé de connoistre si une maîtresse agit par amour ou par interest.

I I I.

UNe Dame endormie dans un bois, est attaquée par un ravisseur qui la blesse mortellement.
Trois Amans de cette Belle allant à la chasse, la rencontrent en ce pitoyable état.
Le premier court aprés le ravisseur.
Le second s'évanoüit de douleur.
Le troisiéme donne un prompt secours à la blessée.
On demande qui de ces Amans aime le mieux ?

QUESTIONS SERIEUSES.

ON demande les causes & les effets,
Du Bâillement,
Du Chatoüillement,
Et de l'Eternüement,

AVIS.

ON emploiera les Ouvrages que l'on envoiera soit en Profe ou en Vers, pourveu qu'ils foient bons & courts. Le Porte-feüille Galant n'eft que pour les Opufcules.

Grata novitate morandus
Spectator Lectorque. Hor...

S'il faut des nouveautez pour plaire aux Spectateurs,
Il en faut de mefme aux Lecteurs.

FIN.

PErmis d'imprimer. Fait ce 23. Octobre 1699.
M. R. D'ARGENSON.